D1750071

Tomie dePaola · Josef Quadflieg

Der verborgene Schatz

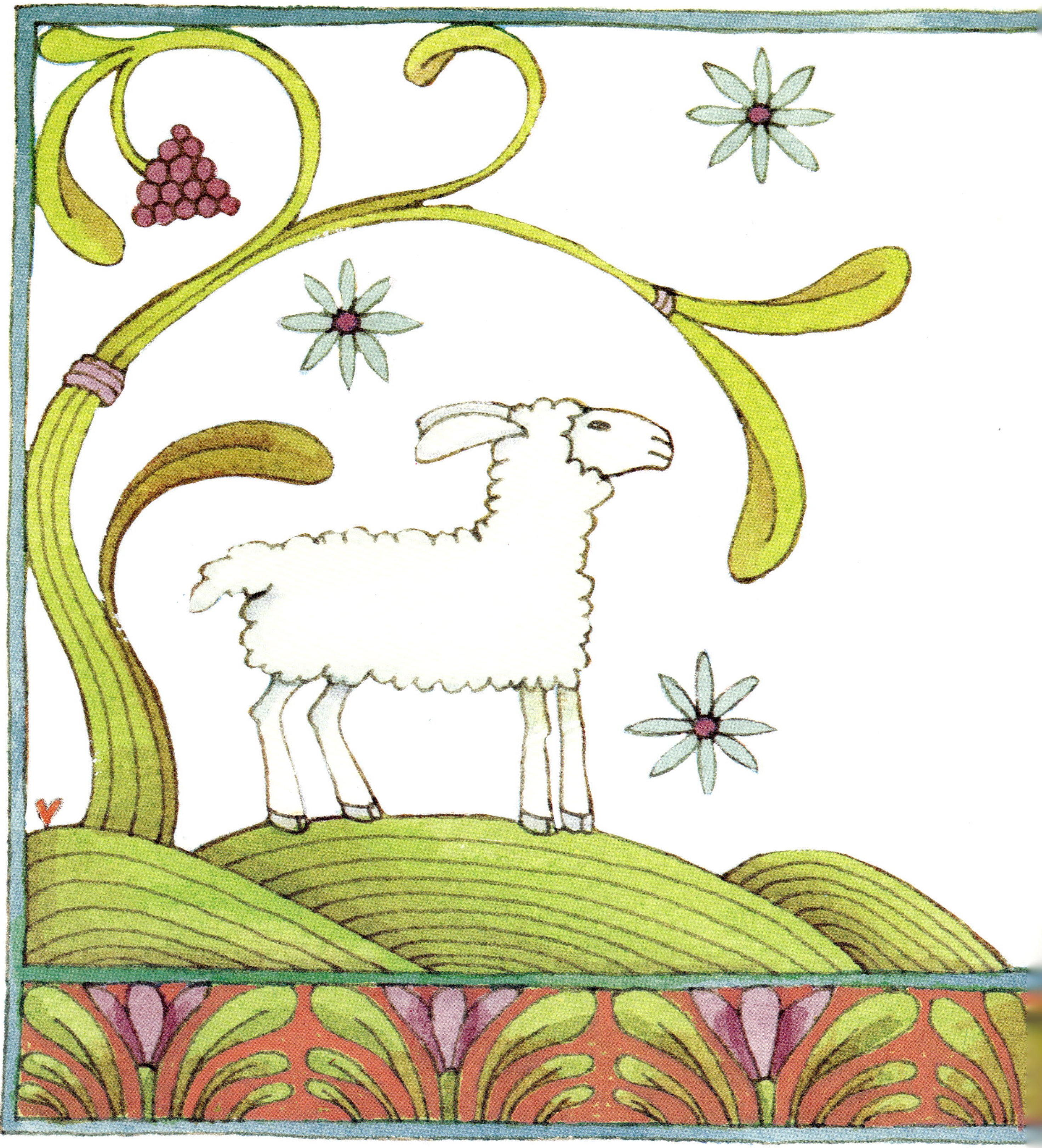

Der verborgene Schatz

Jesus und seine Gleichnisse

gemalt von Tomie dePaola
erzählt von Josef Quadflieg

Patmos

Die Deutsche Bibliothek – CIP-Einheitsaufnahme

Der verborgene Schatz: Jesus und seine Gleichnisse / gemalt
von Tomie dePaola. Erzählt von Josef Quadflieg. – 1. Aufl. –
Düsseldorf: Patmos-Verl., 1992
ISBN 3-491-79425-0

© 1992 Patmos Verlag Düsseldorf
für die deutschsprachige Ausgabe
Alle Rechte vorbehalten
1. Auflage 1992
Gesamtherstellung: Jaca Book, Mailand, Italien
ISBN 3-491-79425-0

Originalausgabe in englischer Sprache
© 1987 für Text und Illustration: Tomie dePaola
Titel der Originalausgabe:
The Parables of Jesus

In der Bibel sind viele Geschichten aufgeschrieben, die Jesus erzählt hat. Manche Geschichten nennt man »Reden«, manche nennt man »Predigten«, wieder andere nennt man »Gleichnisse«. Bei einem Gleichnis muß man eine Weile innehalten und überlegen: »Was bedeutet das? Was will Jesus uns mit diesem Gleichnis sagen?« So hat Jesus zum Beispiel von einem Hirten erzählt, dem ein Schaf weggelaufen war. Er ging und suchte das Schaf, und als er es gefunden hatte, nahm er es auf seine Arme und trug es heim. Eine Schafgeschichte? Eine Hirtengeschichte? Ist das alles?

Nein, das ist nicht alles. Den Hirten kann man nämlich vergleichen mit Gott: Wenn sich ein Mensch von Gott abwendet, wenn er »in die Irre geht«, dann sagt Gott nicht: Egal, es gibt ja genug andere, die sich nicht von mir abgewendet haben und in die Irre gegangen sind. Nein, für Gott ist jeder einzelne wichtig. Gott geht jedem nach, er möchte jeden gleichsam auf seinen Armen tragen und an sein Herz drücken.

Bei manchen Gleichnissen ist es leicht herauszufinden, was Jesus meint. Oft ist es schwieriger, den Sinn des Gleichnisses zu verstehen. Aber auch die Gleichnisse, die man nicht so einfach verstehen und deuten kann, sind schöne Jesus-Geschichten.

Jesus hat oft in Gleichnissen vom »Reich Gottes« erzählt. Das Reich Gottes ist im Himmel und auf Erden – überall, wo Menschen Frieden halten und einander lieben, wo sie teilen und vergeben.

Die Weizenkörner

Es war einmal ein Bauer, der ging aufs Feld, um zu säen. Während er säte, fiel einiges auf den Weg, und die Vögel des Himmels pickten es auf.

Anderes fiel auf steinigen Boden. Es wuchs auf, doch als die Sonne kam, verbrannte es, weil die Wurzeln zwischen den Steinen kein Wasser fanden. Anderes fiel zwischen Disteln; die Disteln wuchsen schneller und erstickten es.

Alles aber, was auf guten Boden fiel, wuchs auf und brachte viele Frucht: Hundert Körner, sechzig Körner, dreißig Körner.

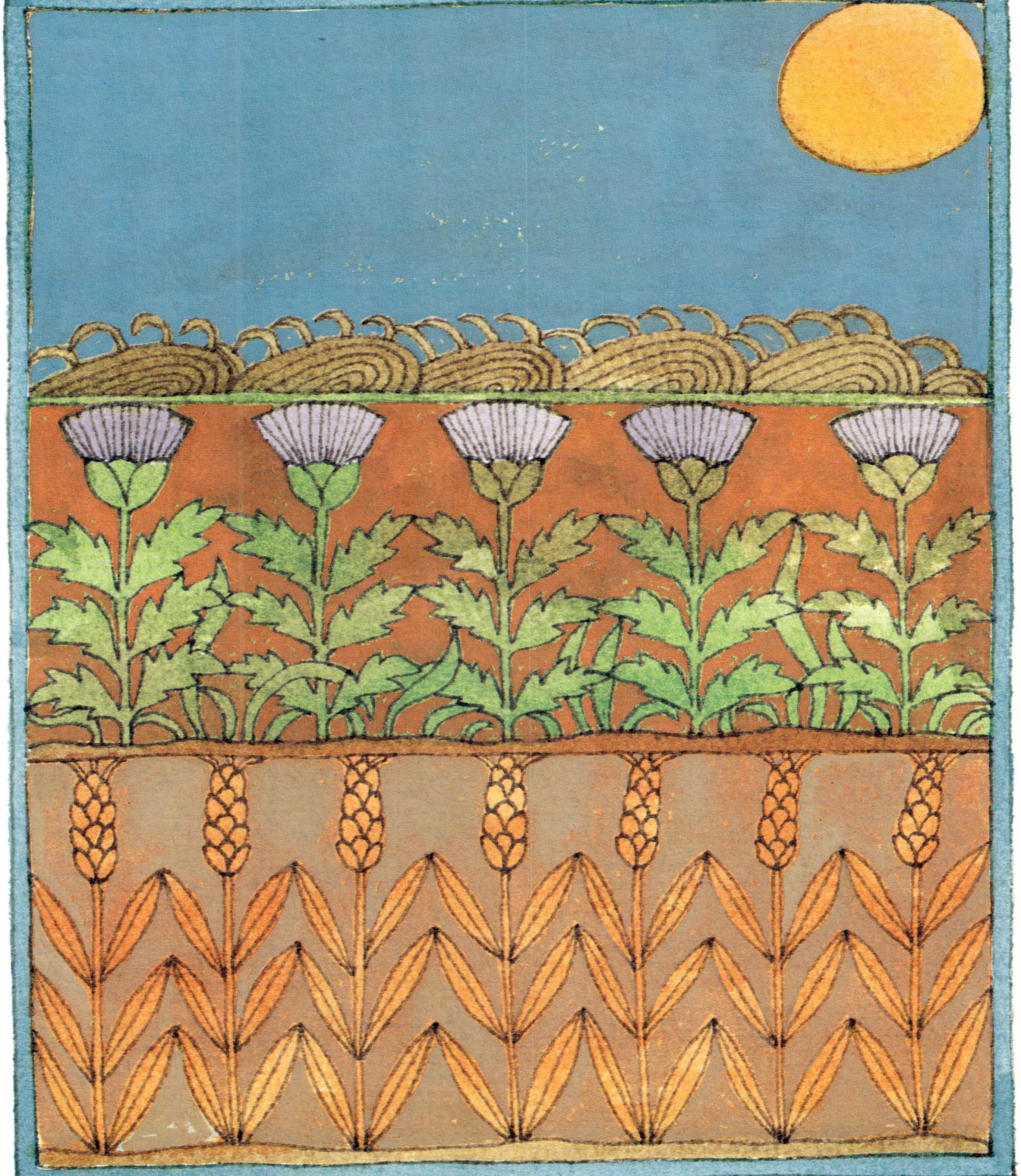

Der Weizen und das Unkraut

Da war ein anderer Bauer, auch der säte guten Weizen auf seinen Acker. Nachts, als alle schliefen, kam sein Feind, säte Unkraut zwischen den Weizen und lief davon. Der Weizen wuchs auf, doch zugleich kam auch das Unkraut heraus.

Da eilten die Knechte zu ihrem Herrn und sagten: »Hast du nicht guten Weizen ausgesät? Woher kommt denn das Unkraut?« Der Bauer antwortete: »Das hat mein Feind getan.« Die Knechte sprachen: »Sollen wir das Unkraut ausreißen?« Er antwortete: »Nein, laßt das. Ihr könntet leicht mit dem Unkraut zugleich auch guten Weizen ausreißen. Laßt vielmehr beides wachsen bis zur Erntezeit. Zur Erntezeit will ich zu denen, die ernten, sagen: Jetzt reißt das Unkraut heraus! Bindet es zusammen! Verbrennt es! Den guten Weizen aber sammelt und bringt ihn in meine Scheune.«

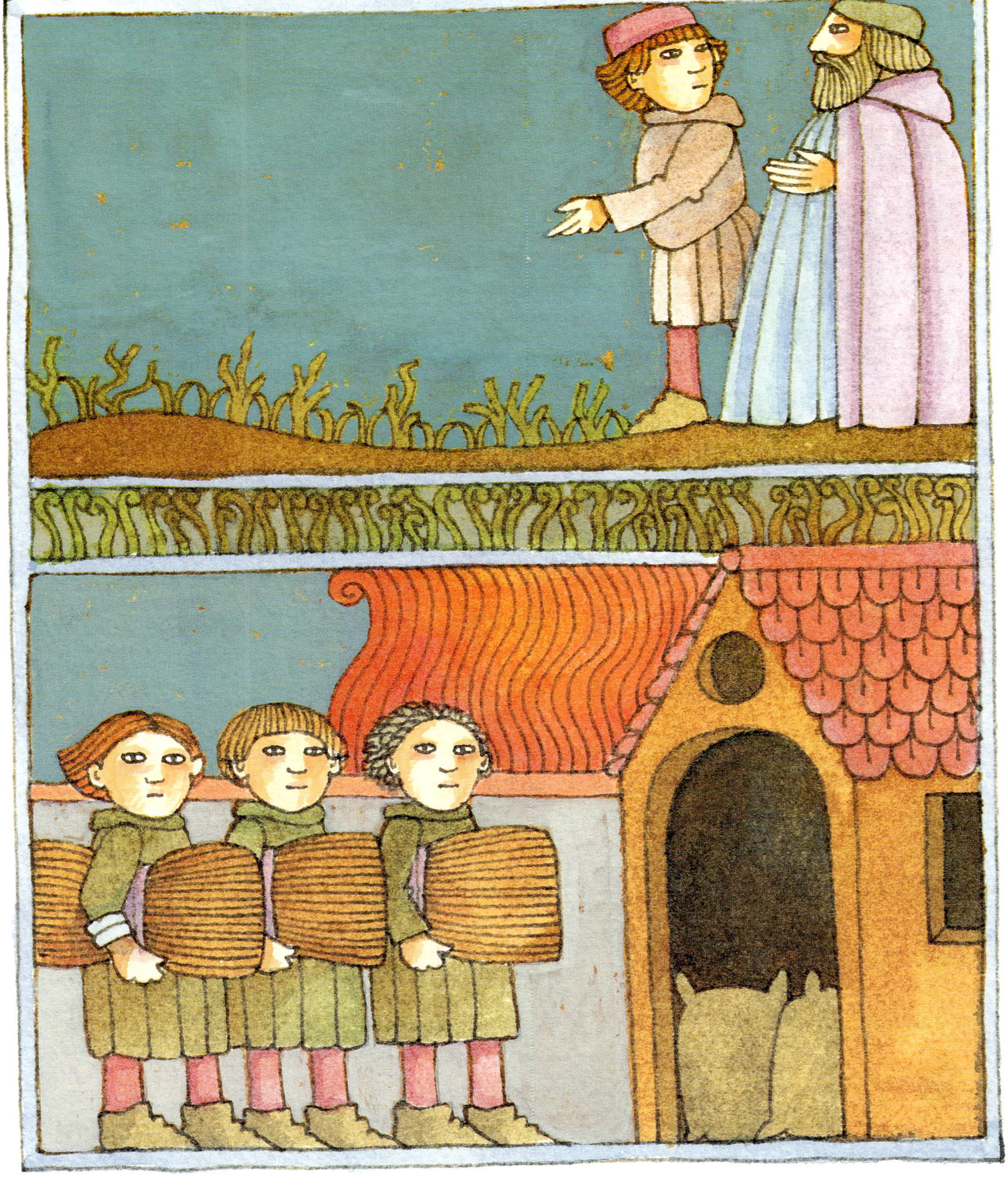

Ein guter Mann

Ein frommer Gelehrter sagte einmal zu Jesus: »Ich habe gelernt, daß ich Gott lieben soll – und meinen Nächsten. Wer ist das, mein Nächster?« Da erzählte ihm Jesus ein Gleichnis:

Ein Mann ging durch die Wüste und fiel unter Räuber. Sie zogen ihn aus, schlugen ihn zusammen und ließen ihn halbtot liegen. Da kam ein Priester denselben Weg, er sah ihn und ging vorüber. Auch ein Levit kam; er sah ihn und ging vorüber. Dann kam ein Fremder. Als der ihn liegen sah, hatte er Mitleid. Er ging zu ihm hin, verband die Wunden, die sie ihm geschlagen hatten, und goß Öl und Wein darüber. Dann setzte er ihn auf seinen Esel, brachte ihn in ein Wirtshaus und sorgte für ihn. Am Morgen mußte er weiter; er gab dem Wirt etwas Geld und sagte: »Versorge ihn gut! Und wenn du mehr Geld brauchst, geb ich es dir, wenn ich zurückkomme.«

Jesus sprach: »Was meinst du, wer war der Nächste für den Mann, der unter die Räuber gefallen war?« Der fromme Gelehrte antwortete: »Der Fremde, der für ihn gesorgt hat.« Und Jesus sprach zu ihm: »Geh, und mach es ebenso.«

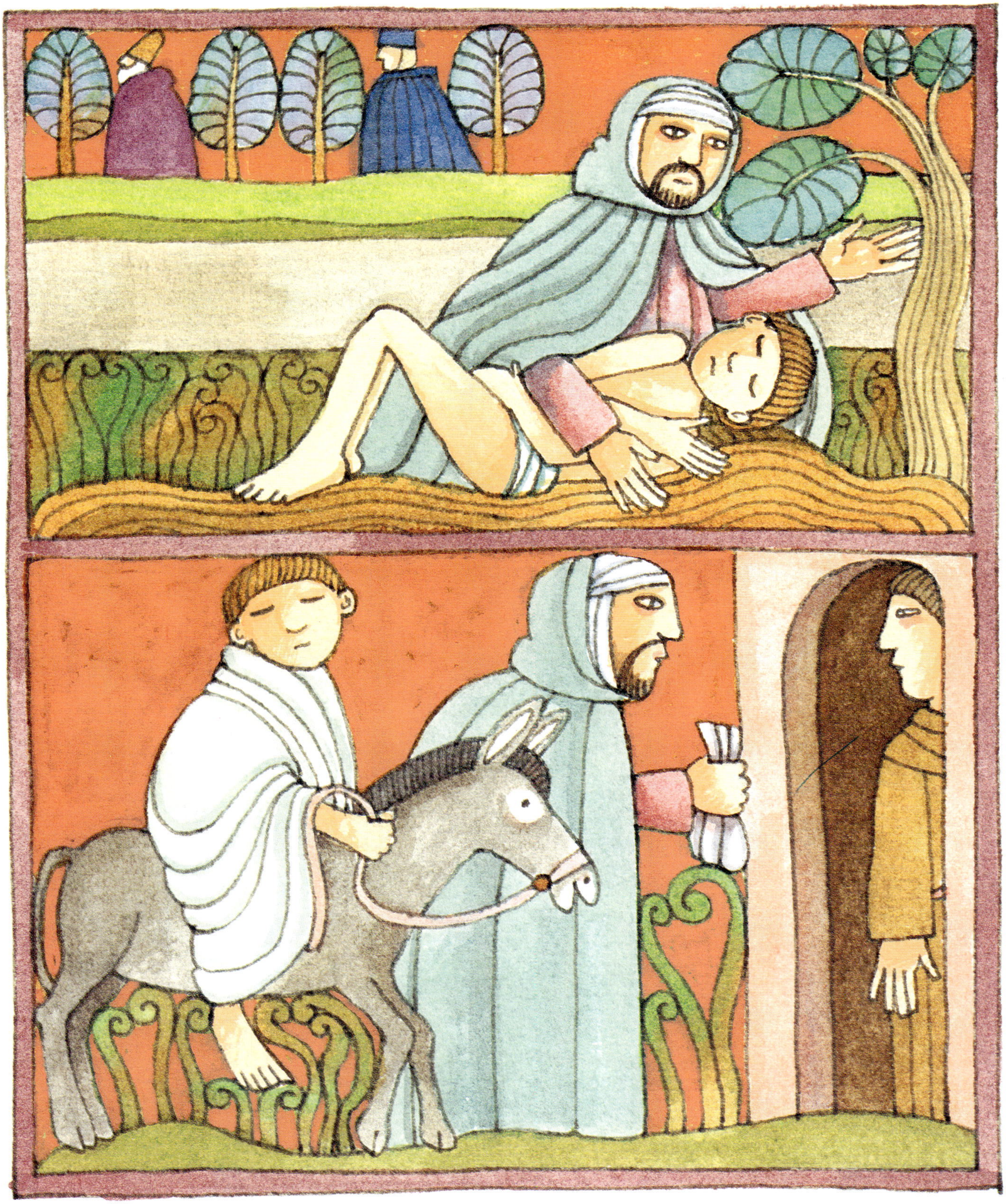

Der Freund

Ein Mann hatte einen Freund, zu dem ging er in der Nacht, klopfte an die Tür und rief: »Freund! Leih mir drei Brote. Ich habe unerwartet Besuch bekommen, liebe Bekannte, die müde von der Reise sind, doch ich habe nichts zu essen für sie.« Der Freund antwortete von drinnen: »Mach dir keine Mühe. Die Haustür ist zugeriegelt, und meine Kinder sind schon im Bett. Ich kann nicht aufmachen, ich kann dir nichts geben.«

Schließlich stand er aber doch auf und gab ihm, was er brauchte. Er half ihm – nicht aus Freundschaft, sondern weil der Mann klopfte und wartete und nicht wegging.

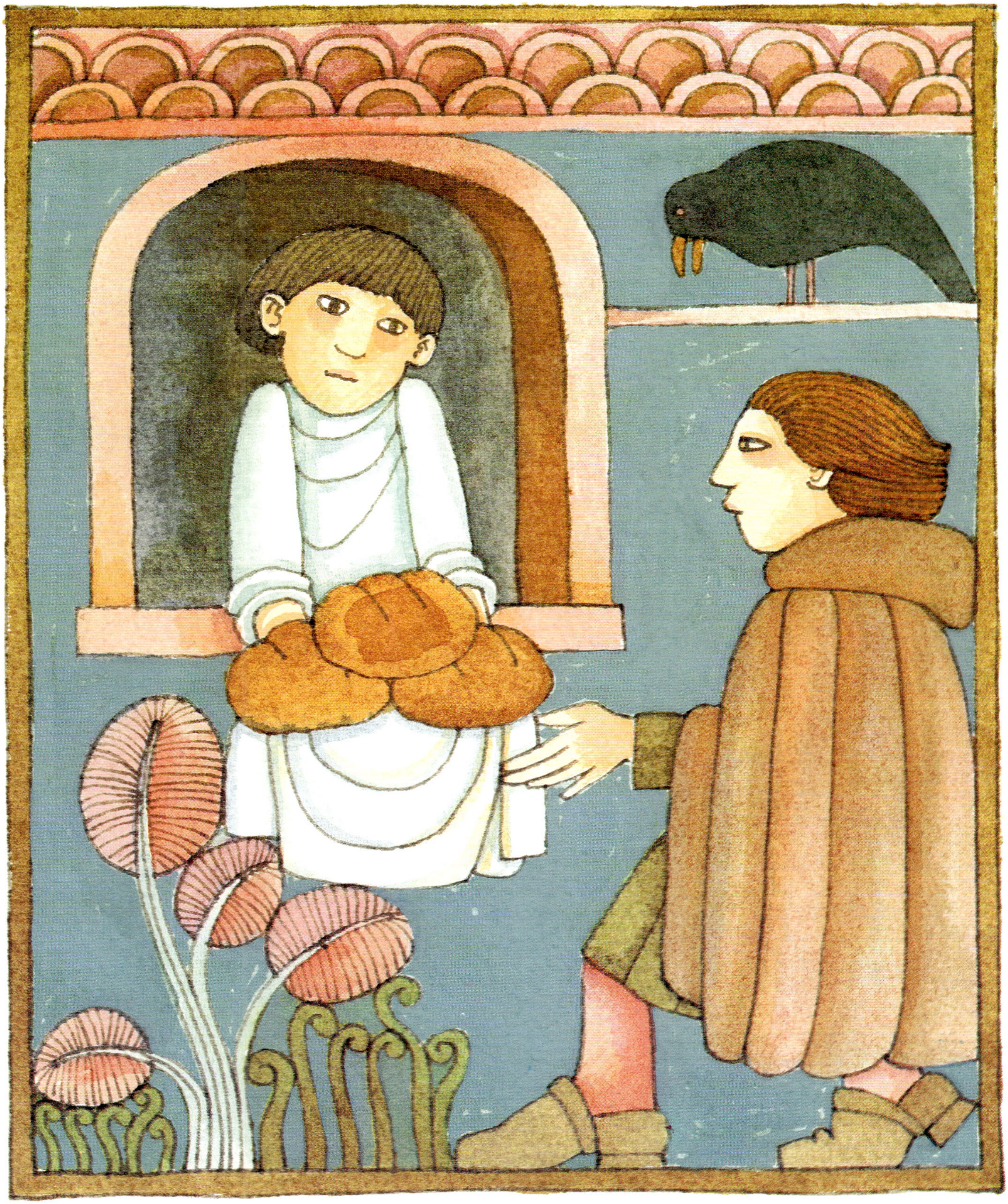

Der Baum

Ein Mann nahm ein Senfkorn und pflanzte es in seinen Garten. Das Senfkorn ist das kleinste von allen Samenkörnern; doch es wuchs und wuchs, setzte Äste und Zweige an und wurde ein Baum. Die Vögel des Himmels kamen und bauten Nester in seinen Zweigen.

Der Teig

Eine Frau holte Sauerteig aus der Kammer, nahm ihn und mengte ihn unter drei Pfund Mehl. Der Mehlteig blähte sich und ging auf: rund und dick und schön.

Der Schatz

Einmal fand ein Bauer einen Schatz im Feld. Er grub ihn rasch wieder unter und verkaufte alles, was er besaß. Als er genug Geld hatte, kaufte er das Feld, in dem der Schatz vergraben war.

Die Perle

Ein Perlensucher entdeckte einmal eine unvergleichlich kostbare Perle. Sofort verkaufte er alle seine anderen Perlen und erwarb die unvergleichlich kostbare Perle.

Das Netz

Eines Abends fuhren Fischer aufs Meer und warfen ihr Schlepp-Netz aus. Sie fingen viel, das Netz wurde schwer, und alsbald ruderten sie zurück. Als sie am Land angekommen waren, setzten sie sich hin, um die Fische zu sortieren. Die guten Fische taten sie in Körbe zum Verkaufen; die ungenießbaren, die zu nichts nütze waren, warfen sie weg.

Das verlorene Geld

Eine Frau hatte zehn Silbermünzen, eine davon verlor sie. Sie zündete eine Lampe an, fegte das Haus und suchte überall, in jeder Ecke.

Endlich fand sie die Silbermünze. Da eilte sie hinaus zu ihren Freundinnen und Freunden und zu den Nachbarn und rief: »Kommt, freut euch mit mir! Ich habe die Silbermünze gefunden, die ich verloren hatte!«

Das verlorene Schaf

Ein Hirt hatte hundert Schafe; eines Tages lief ihm eins davon weg. Es verirrte sich und ging verloren. Da ließ er die neunundneunzig Schafe stehen, wo sie waren, allein, in der Wüste, und ging dem verlorenen nach, um es zu suchen und heimzuholen.

Endlich fand er es. Voll Freude hob er es auf seine Schultern und eilte zurück. Am Abend kehrte er mit seiner ganzen Herde heim. Zu Hause angekommen, rief er sogleich seine Freunde zusammen, und die Frauen und Männer aus der Nachbarschaft, und sagte zu ihnen:

»Kommt, laßt uns feiern! Freut euch mit mir! Denn ich habe das Schaf wiedergefunden, das mir davongelaufen war.«

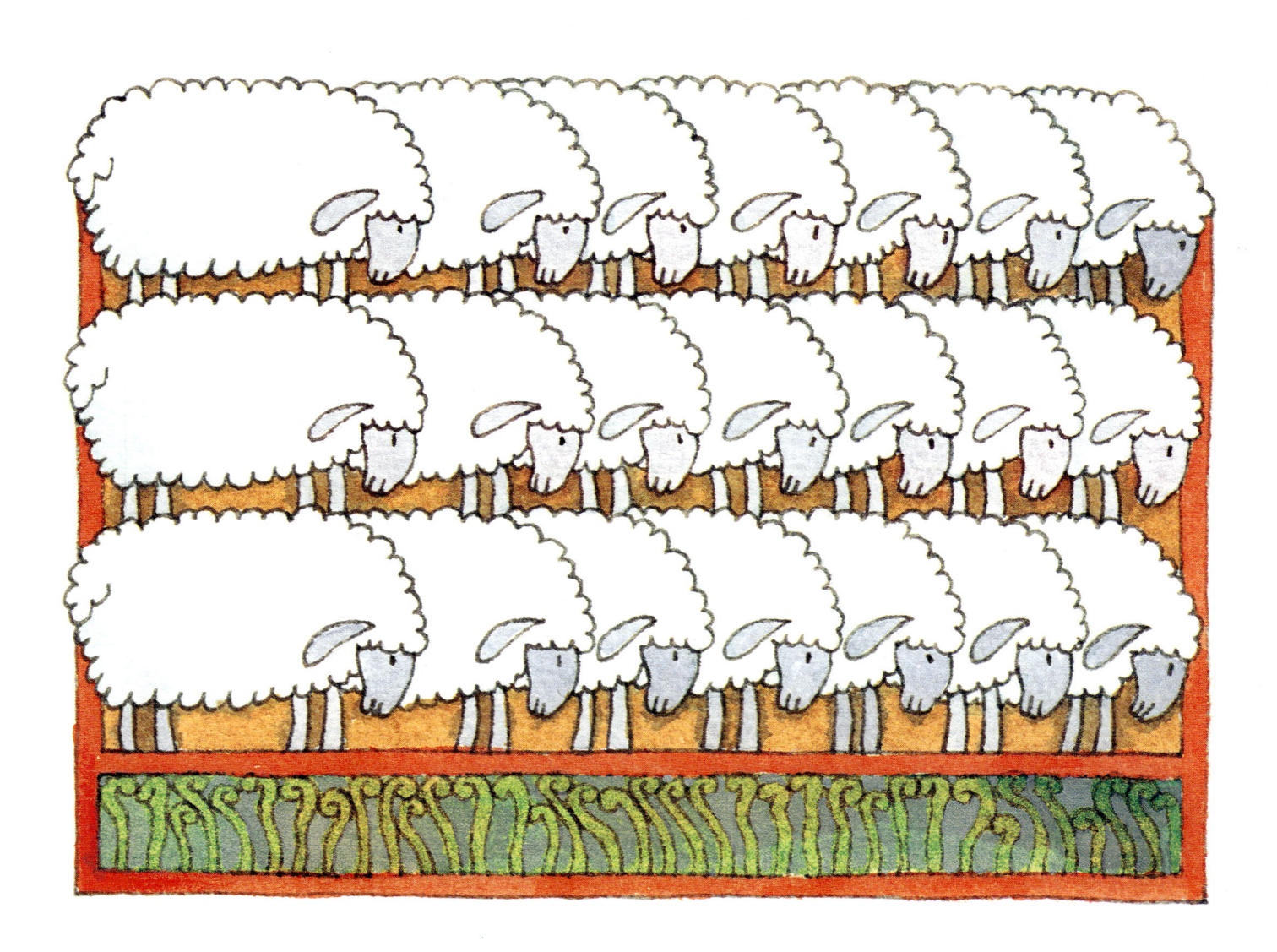

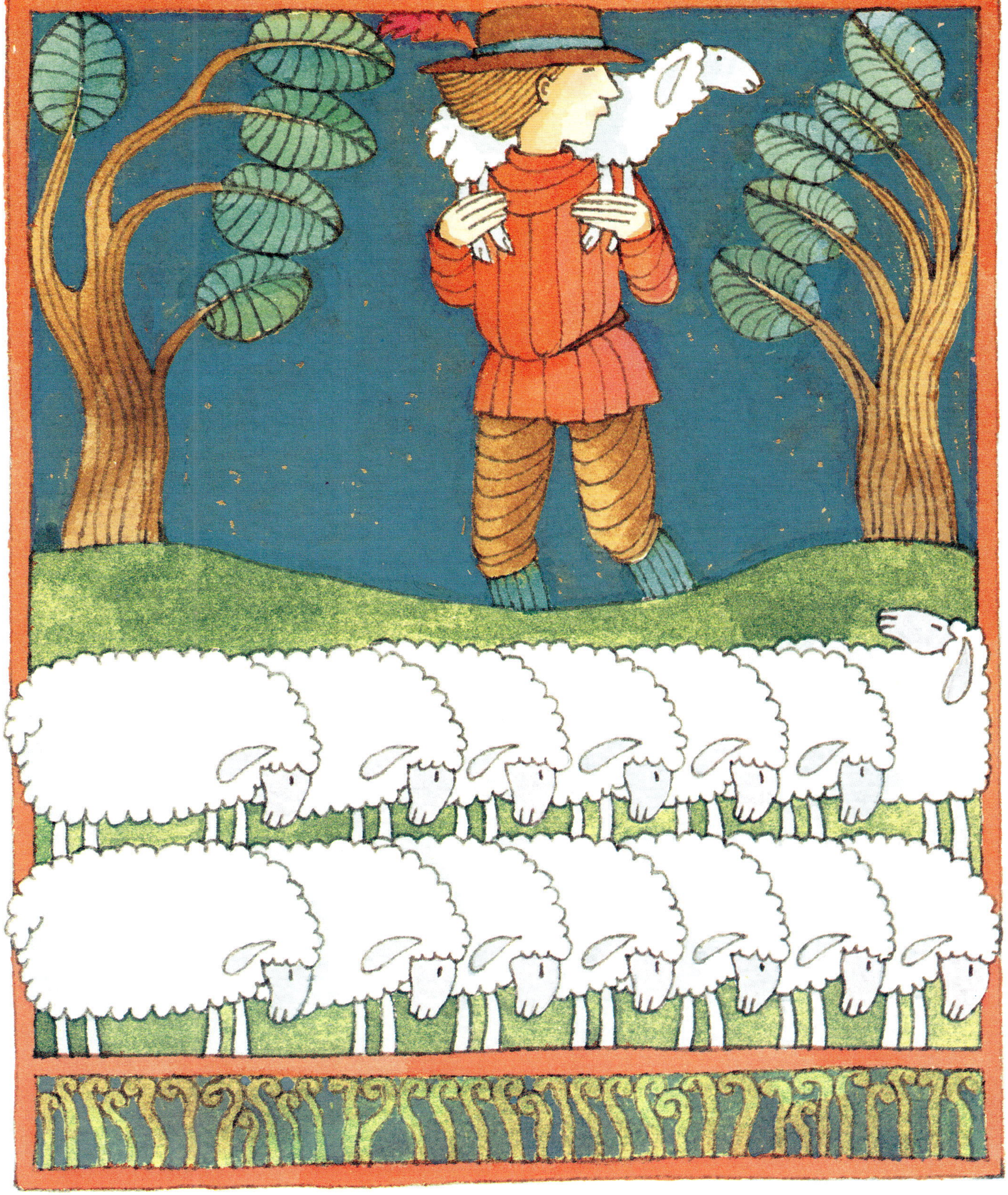

Ein hartherziger Mann

Einmal wollte ein König mit seinen Dienern Abrechnung machen. Da brachte man einen her, der war ihm zehntausend Goldstücke schuldig. Der Mann konnte das viele Geld nicht zurückgeben; da befahl der König: »Verkaufe dich als Sklave; verkauf deine Frau, deine Kinder, verkauf alles, was du hast – und dann komm und bezahle deine Schulden.« Da warf sich der Mann zur Erde und flehte um Erbarmen. Der König hatte Mitleid: Er gab ihn frei und erließ ihm die Schulden.

Kaum war der Mann vom König weggegangen, da traf er einen, der ihm hundert Silberstücke schuldete. Er packte ihn am Hals, würgte ihn und schrie: »Mein Geld zurück! Sofort!« Da warf sich der Mann vor ihm nieder und flehte um Erbarmen. Doch der hartherzige Mann rief: »Kein Erbarmen!« und sperrte ihn ins Gefängnis.

Als das dem König zu Ohren kam, rief er den hartherzigen Mann zu sich und sprach: »Du hartherziger, böser Mensch! Ich habe dir zehntausend Goldstücke erlassen – hättest du nicht Erbarmen haben müssen mit dem, der dir so wenig schuldete?« Und voll Zorn übergab er ihn den Knechten, die mußten ihn schinden, bis er alle Schulden bezahlt hatte.

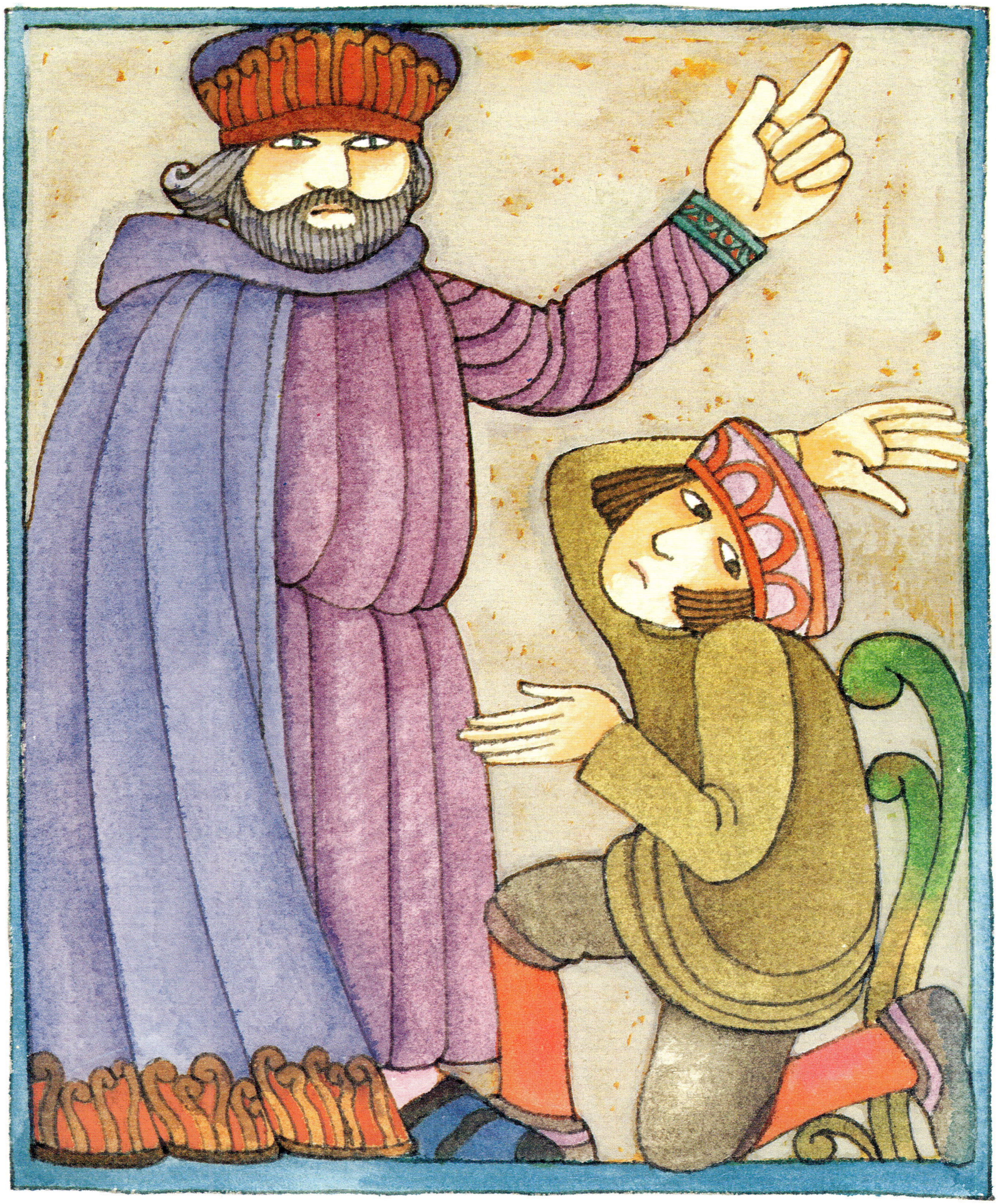

Die seltsame Rechnung

Es war ein Herr, der ging früh am Morgen aus und suchte Arbeiter für seinen Weinberg. Er machte mit ihnen einen Tag-Lohn aus, und los gingen sie, in seinen Weinberg.

Drei Stunden später sah der Herr Männer auf dem Marktplatz und sagte: »Geht auch ihr in meinen Weinberg. Ich werde euch einen gerechten Lohn geben.« Da gingen sie. Am Mittag und am Nachmittag tat er ebenso, und als er, ziemlich spät, noch einmal ausging, sah er noch ein paar Männer und sagte: »Was steht ihr hier herum und tut nichts?« Sie antworteten: »Es ist niemand gekommen und hat uns zum Arbeiten geholt.« Er sprach: »Nun, so geht auch ihr in meinen Weinberg.«

Am Abend sagte der Herr zu seinem Geldverwalter: »Zahle den Männern den vereinbarten Lohn aus.« Da kamen die letzten und erhielten ihren Tag-Lohn, und als die ersten an der Reihe waren, dachten sie: Sicher bekommen wir mehr als die letzten! Doch auch sie erhielten einen Tag-Lohn, wie der Herr mit ihnen ausgemacht hatte. Da murrten sie und sprachen: »Diese letzten da haben nur eine Stunde gearbeitet, und uns, die wir den ganzen Tag in der Sonne geschuftet haben, gibst du genausoviel!«

Der Herr sprach: »Haben wir nicht einen Tag-Lohn vereinbart? Also, nehmt das Geld, das euch zusteht, und geht. Oder seid ihr neidisch, weil ich gut zu den letzten bin?«

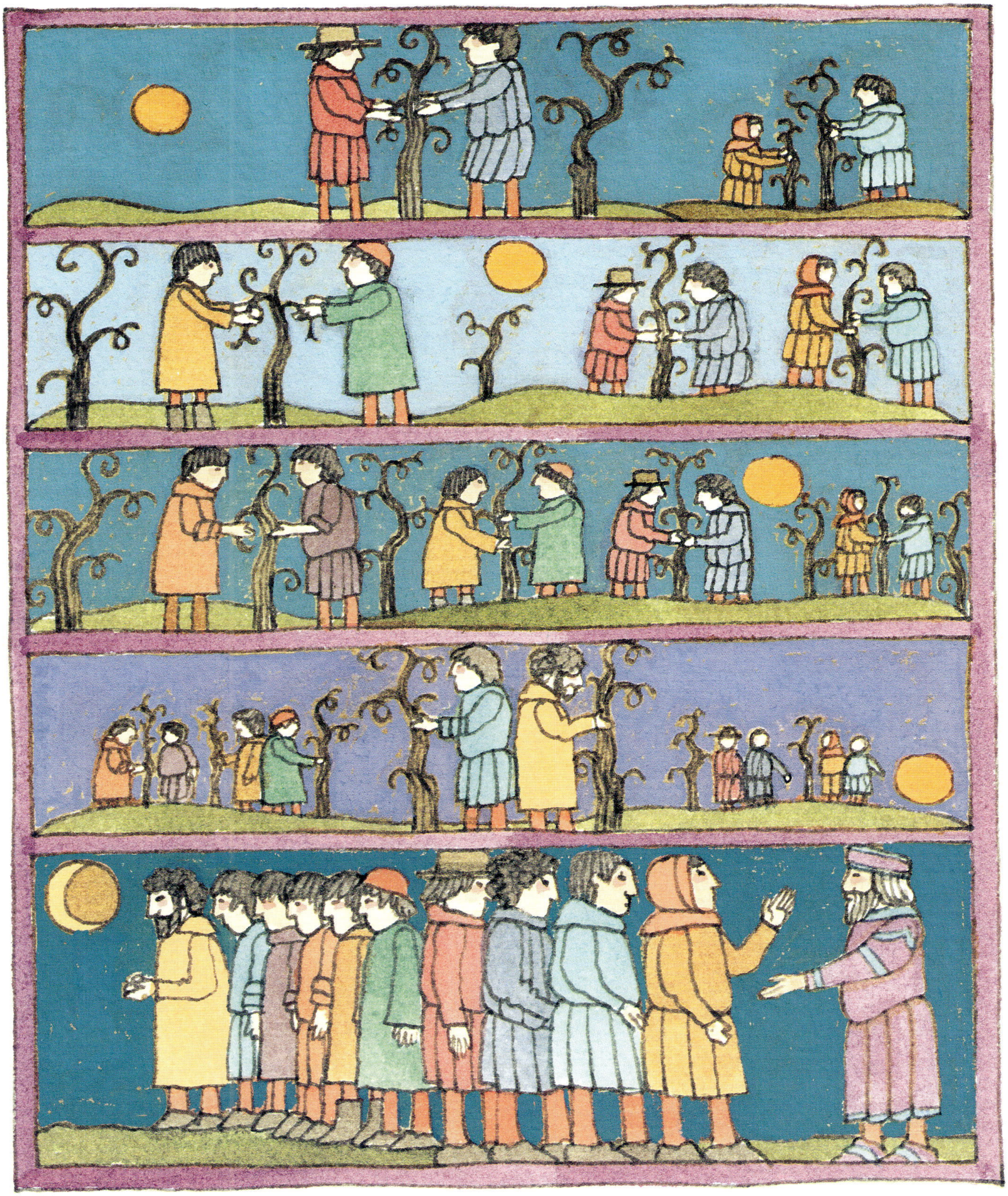

Der verlorene Sohn

Ein Vater hatte zwei Söhne. Eines Tages sagte der Jüngere: »Vater! Gib mir jetzt das Geld, das ich einmal von dir erben soll.« Der Vater gab es ihm, und der Sohn reiste in ein fernes Land. Dort lebte er drauflos und verschwendete das gute Geld, bis er keinen Pfennig mehr hatte.

Zu dieser Zeit kam eine Hungersnot über das Land. Da ging er zu einem Bauern und hütete die Schweine auf dem Feld. Gern hätte er in seinem Hunger Schweinefutter gegessen – aber man gab es ihm nicht. Da dachte der Sohn: Bei meinem Vater haben selbst die niedrigsten Knechte mehr zu essen als ich. Ich will heimgehen und dem Vater sagen, wie leid es mir tut, daß ich von ihm weggegangen bin! Also machte er sich auf den Weg. Der Vater sah ihn schon von weitem kommen, und sein Herz klopfte vor Freude. Er lief dem Sohn entgegen, fiel ihm um den Hals und küßte ihn. Der Sohn aber sprach: »Ach, Vater! Ich habe gesündigt gegen Gott und gegen dich. Ich bin nicht mehr wert, dein Sohn zu heißen.«

Doch der Vater sprach zu seinen Dienern: »Schnell, holt das beste Sonntagsgewand und zieht es ihm an! Tut ihm Sandalen an die Füße! Steckt ihm einen Ring an den Finger! Schlachtet ein Kalb! Wir wollen essen und trinken und fröhlich sein! Denn dieser mein Sohn war verloren und ist wiedergefunden.«

Der ältere Sohn war auf dem Feld und hörte die Musik und die Tanzlieder. Er fragte, was da los sei, und man sagte ihm: »Ein Fest: Dein Bruder ist zurückgekommen!« Da ärgerte sich der ältere Sohn und sprach zum Vater: »Die ganze Zeit habe ich für dich gearbeitet wie der geringste Knecht. Doch nie hast du mir auch nur ein Ziegenböcklein geschenkt, daß ich mit meinen Freunden hätte ein Fest feiern können. Und nun kommt der nach Haus, nachdem er all sein Geld rausgeschmissen hat, und du läßt ihm das fetteste Kalb schlachten!« Der Vater antwortete: »Du warst und bist immer bei mir, und alles, was mein ist, ist auch dein. Doch dein Bruder war tot und verloren – und nun ist er wieder bei uns und lebt! Ist das nicht ein Grund zum Feiern? Komm, mein Kind. Feiere mit uns.«

Die Mädchen mit den Lampen

Es waren einmal zehn Mädchen, die nahmen Lampen und gingen zu einem Hochzeitsfest. Fünf waren klug und sorgten vor: Sie nahmen außer ihren Lampen auch noch etwas Öl mit, in ihren Ölkrügen. Daran hatten die fünf anderen nicht gedacht: Sie nahmen nur die brennenden Lampen mit – und kein Öl zum Nachfüllen. Es wurde spät, die Nacht brach an, und alle schliefen vor der Tür des Bräutigams ein.

Plötzlich rief man: »Auf! Der Bräutigam kommt! Geht ihm entgegen!« Da sprangen sie auf und richteten ihre Lampen her. Die törichten Mädchen sagten: »Gebt uns etwas von eurem Öl, seht, unsere Lampen gehen aus!« Die klugen aber sagten: »Für euch und für uns ist's zu wenig. Lauft doch zum Ölhändler und kauft euch welches!« Während sie hingingen, kam der Bräutigam, und die fünf klugen durften mit ihren brennenden Lampen mit ins Haus; dann wurde die Tür geschlossen. Kurz darauf kamen die anderen; sie klopften und riefen: »Herr! Herr! Mach uns auf!« Er aber antwortete: »Wer seid ihr denn? Ich weiß wirklich nicht, wer ihr seid.«

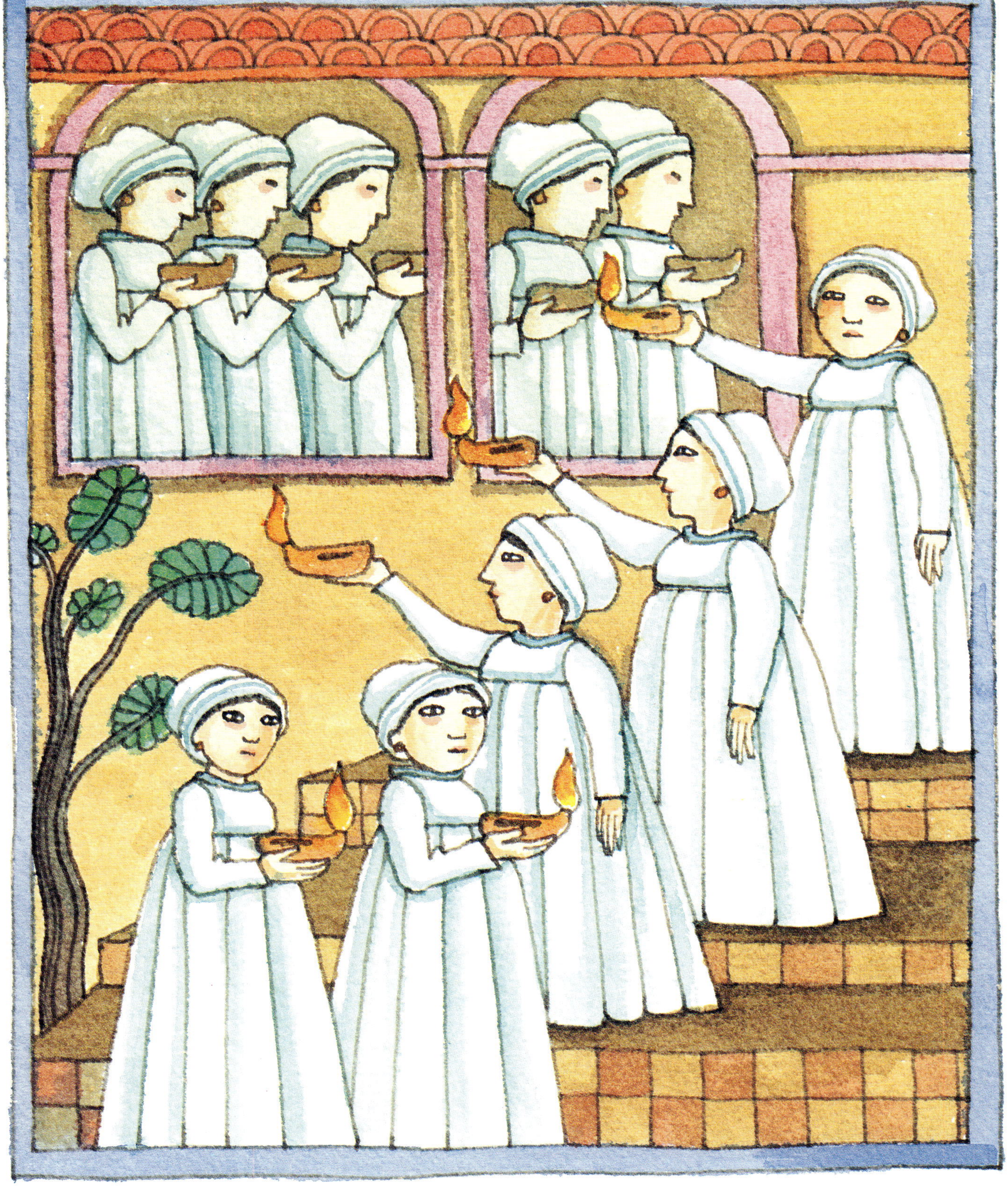

Beim Hochzeitsmahl

Ein Mann wollte ein festliches Hochzeitsmahl feiern und lud viele dazu ein. Er sandte seine Diener aus, die sollten den Eingeladenen sagen: »Jetzt kommt! Alles ist bereit!«

Da fingen sie an, sich zu entschuldigen. Der erste sagte: »Ich habe ein Feld gekauft, ich muß hingehen, um es mir anzuschauen.« Auch der zweite entschuldigte sich: »Ich habe Ochsen gekauft, Zug-Ochsen; ich muß hingehen und prüfen, ob sie gut sind.« Ein Dritter sprach: »Ich habe heute morgen geheiratet, verstehe, da kann ich nicht einfach weggehen und zu dir kommen.«

Die Diener berichteten alles dem Herrn. Da geriet der Herr in Zorn und sprach: »Geht auf die Straßen und Gassen der Stadt und holt die Armen und Krüppel, die Blinden und Lahmen her!« Die Diener kamen zurück und sagten: »Herr, wir haben getan, wie du befohlen hast, aber es ist noch Platz an den Tischen!« Da sprach der Herr: »So geht noch einmal, geht an den Wegrändern und Zäunen entlang und ladet alle ein, die ihr findet! Ich will, daß der Festsaal voll wird!«

Zwei Männer im Tempel

Im jüdischen Volk gab es fromme Männer, die man Pharisäer nannte; sie waren bei den Leuten hoch geachtet. Andere, die an den Stadttoren saßen und Zoll einnahmen, hießen »die Zöllner«; die Leute mochten die Zöllner nicht, weil sie oft mehr Geld einkassierten, als recht war.

Nun gingen einmal ein Pharisäer und ein Zöllner in den Tempel. Der Pharisäer stellte sich vorn auf und betete: »O Gott! Ich danke dir, daß ich nicht bin wie die Räuber, Betrüger und Ehebrecher, oder wie zum Beispiel dieser Zöllner da. Ich faste zweimal in der Woche, und von meinem Geld gebe ich viel den Armen!«

Der Zöllner aber stand hinten und wagte nicht, seine Augen zum Himmel zu heben. Er klopfte an seine Brust und sprach: »Mein Gott, erbarme dich über mich! Ich bin ein Sünder.« Und Gott freute sich über den Zöllner, auf den Pharisäer aber achtete er nicht.

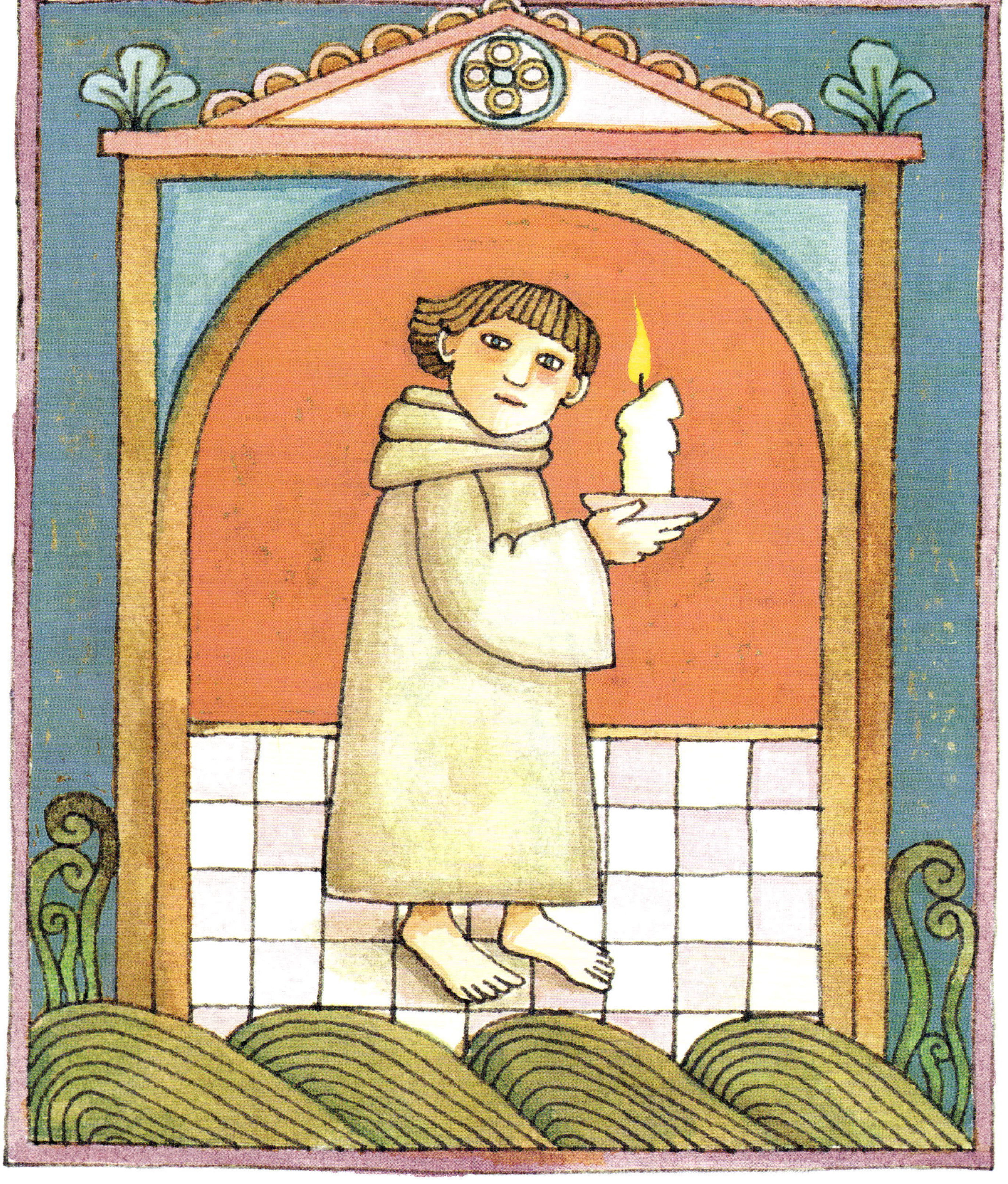